رواية

لعنة الشعر الطويل

د. جُمان الزمعاني

إهداء..

إهداء إلى صاحبات الشعر الطويل

إهداء إلى عشاق الشعر الطويل

إهداء إلى جمال الشعر الطويل

جمان الريحاني

كان يا ما كان في قديم الزمان حيث كانت تحدث الحكايات الغريبة بأحداثها العجيبة، التي تجعل العقل بين تصديق وإنكار، وتجعل الناس بين قيل وأخبار.

كان هناك شاب يعمل في مختبر لصنع الشعر الطويل الذي يمتلكه رجل كبير في السن، ومعه زوجته التي تدير المحل.

كان للشاب طموح بأن يمتلك محلا كبيرا يوما ما، محل خاص به وله لوحده، فقد كان يرى بأنه يبذل

جهدا جهيد ويستحق فرصة للنجاح لكي يمتلك محلا ويديره بنفسه.

لقد كان ذلك الشاب يحب عمله ويجيده، فهو يتقن التعامل مع أنواع الشعر، إنها مهنته ومن أحب مهنته ما ظلم جهده ولا خسر عرقه ووقته.

كان الشاب يافعا في مقتبل العمر، وله صديقة حميمة جميلة وبريئة ويتيمة، لقد كنت حبيبة له لمدة طويلة.

العلاقة بينهما جيدة وقد كان يعاملها معاملة حسنة، ورغم ذلك يتخاصم معها أحيانا، ولكنهما لا يتخاصمان لوقت طويل، وفي تلك الحالة وعندما يتخاصمان تترك البيت هي وتذهب إلى إحدى صديقاتها، لأنها كانت يتيمة وليس لديها مكان آخر تلجأ إليه.

وفي يوم من الأيام جاءت إلى المحل الذي يعمل فيه الشاب فتاة لكي تبيع شعرها، لقد كان لها شعر طويل جدا يصل طوله إلى قدميها.

كان لها شعر طويل ناعم جدا وجذاب ويلمع كأنه من حرير، وعلى طول واحد وكأنه قد قص منذ فترة قصيرة، لقد كان شعرها مرتب من حيث طريقة القص.

انبهر الشاب بذلك المنظر، وقد الذي تصادف وجوده في المحل في ذلك اليوم من أجل إيصال بعض الباروكات التي انتهى من انجازها.

فهو بالعادة يعمل في مختبر خاص، وليس في محل بيع الباروكات ولكنه مكان منفصل عن المحل ومتصل به في نفس الوقت.

انه جزء من البيت تحت المحل وفوق المحل يوجد بيت الرجل وزوجته.

لقد انهر مما رأى، وفي تلك اللحظة راودته فكرة وهي ماذا لو كانت صديقته تمتلك شعرا كهذا، لماذا لم يفكر في مثل هذا الأمر سابقا، لو كان لدى صديقته شعر كهذا كان بمثابة الكنز.

ولم يفكر ماذا لو كان لديه صديقة بشعر طويل.

بل فكر ماذا لو كان لصديقته ذلك شعر طويل.

لم تعجبه تلك الفتاة بل أعجبه فقط شعرها والذي كان يرى بأنه يستحق الإعجاب والانبهار به.

لقد كان يفكر في لو أن هذا الشعر كان لصديقته وحبيبته الحالية، وكان يفكر في أنها في تلك الحالة سوف تتغير حياتهما تماما.

لربّما أصبحا أغنياء، بل وأثرياء وخاصة إن كان كلام تلك الفتاة صحيحا، وأن شعرها ينمو بسرعة، ولكنّه لم يكن يتخيل تلك السرعة.

وكان يفكر في انه في تلك الحالة ربما تمكن من الحصول على محل أحلامه، وأصبح مالكا بعد عن كان مجرد موظف حقير.

صاحبة الشعر الحلم

بقي الشاب وهو يراقب تلك الفتاة وهي تقص شعرها، والتي لم تكن حزينة (وهذا على غير العادة) بل كانت تمازحها السيدة صاحبة المحل وهي تقول لها:

سوف تصبحين بعد قليل من ذوات الشعر القصير.

ولن تصبحي بعد الآن من صاحبات الشعر الطويل.

لقد كان مستغربا من كون الفتاة سعيدة رغم انه في العادة كل النساء يشعرن بالحزن أن كن مقبلات على قص شعرهن خاصة وإن كان طويلا مثل ذلك الذي أمامه.

لم تكن الفتاة حزينة ولا قلقلة بل كانت تضحك وتقول للسيدة: (وهي تضحك).

لا تقلقي شعري سريع النمو سوف أعود إليك، بعد بضع سنوات لكي أقصه من جديد.

وسوف أذكرك بذلك

لقد سمع الشاب تلك الجملة، ولكنّه ركز على النصف الأول الذي بقي يتردد في أذنيه ((شعري سريع النمو))

فخرج من المحل وهو يفكر ماذا لو كانت تلك الفتاة صديقته؟

هنا أصبح يطمح لكون تلك الفتاة هي صديقته، ولكنه في الحقيقة كان طمعه في الشعر وليس حبا للفتاة نفسها فكان يقول ماذا لو كانت هي صديقتي؟

ماذا لو كانت صديقتي مثلها لها شعر طويل أو أن شعرها ينمو بسرعة مثل شعر هذه الفتاة

إن شعرها حلم

إن شعرها حقا كنز، كنز ثمين

إنها تمتلك ثروة

إنها فتاة محظوظة والأكثر حظا منها هو من يصبح صديقها.

الناس لا يرون النعمة التي لديها والتي استطيع أنا رؤيتها، إنها حقا تمتلك كنزا.

فتاة محظوظة.

في الحقيقة أن باقي الشباب لن ينظروا إلى تلك الفتاة بنفس نظرة ذلك الشاب، ولكنه هو قد شعر بأن شعرها ثمين لأنه يعرف قيمة الشعر حين يتم بيعه أو شراؤه من أجل صنع الباروكات.

أي من خلال عمله وخبرته ولم يكن ينظر إلى الفتاة على أنها فتاة بل كان كل تركيزه على شعرها وعلى ما تمتلك وما تستطيع بيعه وكسب المال بواسطته

لقد كانت نظرته لتلك الفتاة مختلفة عن باقي الشباب.

خرج الشاب ولم يبتعد عن المحل كثيرا ولشدة التفكير فيما رآه، كان يمشي خطة إلى الأمام ويرجع خطوة إلى الوراء، وعندما رأى الفتاة قد خرجت من المحل وابتعدت، عاد سريعا إلى هناك واخبر السيدة العجوز بأنه نسي شيئا.

وجد السيدة العجوز سعيدة بذلك الشعر وتعتني به وتحاول حفظه في المكان المخصص له.

لقد كانت سعيدة بهذا الشعر وسعيدة بهذه الصفقة الرابحة التي قامت بها هذا اليوم، فعندما تأتي إليها زبونات مثل هذه تعلم في تلك الحالة بأن مبالغ من المال في طريقها إليهم، فشراء شعر طويل مثل هذا هي صفقة رابحة.

بعد ذلك طلب الشاب من السيدة العجوز إذنا بالدخول إلى الحمام، ولكنه في الحقيقة كان يراقب ما تفعله، ويسترق النظر من وراء الباب.

منحنى آخر

وبعد قليل طرق الباب شخص، وبعد أن فتحت السيدة العجوز الباب كان ساعي البريد، وبينما هو يتكلم معها، حتى خرج الشاب مسرعا من الداخل إلى المحل وأخذ خصلة شعر من ذلك الشعر الطويل، وقام بلقّها سريعا بينما السيدة العجوز مشغولة بحديثها مع ساعي البريد الذي أوصل لها طردا.

خرج الشاب مسرعا وهو خائف من الفعلة التي فعلها، خرج وهو لا يعرف ما الذي سوف يقوم به تاليا.

لقد تصرف من تلقاء نفسه، ولم يكن يعلم ما الذي يفعله؟

أو لما هو يفعل ذلك؟

بعد خروجه توجه مباشرة إلى بيته، دخل بيته، وأخذ نفسا عميقا، وتنفس الصعداء، ثم اخرج تلك الخصلة من جيبه ووضعها على الطاولة.

وفردها بكل طولها وجلس إلى الوراء متكئا على الجدار، وهو يضع يديه على وجهه يراقبها.

لقد كان مفتونا بها، ولا يفهم شيئا، كانت بداخله مشاعر كثيرة مختلطة ولم يكن يعلم ما الذي هو يفكر فيه حقا

ولكنه كان معجبا بتلك الخصلة كثيرا، وهو يتأملها بكل هدوء.

وفجأة سمع صوتا، وكان أحدا سوف يدخل البيت، لقد كانت صديقته فلم يستطع أن يخفي خصلة الشعر.

وكأنها باغتته.

لقد كانت صديقته تعيش معه في نفس البيت منذ سنوات وهما تقريبا مثل المتحابين أو الخطيبين، ولكن المشاعر بينهما كانت باردة وشبه جافة.

إلا أنهما كانا منسجمين ومتفاهمين، وكل منهما يؤنس وحدة الآخر فكلاهما لم يكن لهما عائلة.

كانت صديقته تمتلك مفتاحا لذا فهو لم ينتبه حتى كانت توشك على فتح الباب، ولم تعطه فرصة لإخفاء ما كان أمامه على الطاولة.

لقد نسي لولهة بأن هناك شخص ما يعيش معه في البيت، ولم يأخذ احتياطاته لمي يخفي ما لديه.

والذي لم يكن لديه مبرر لما تلك الخصلة هناك ومن أين أتى بها؟ أو ما الذي يريد أن يفعله بها؟

دخلت صديقته لتجد الشعر على الطاولة وعندما سألته وقالت:

ما هذا يا .....

سكت ولم يجد ما يقوله

الفتاة:

أنا أسألك لماذا لا تجيبني ؟

من أين لك هذه الخصلة الطويلة؟

يا إلهي ما أطوله من شعر، من أين أحضرتها؟

ولما..؟

قام الشاب من مكانه وهو لا يرد وأعطى للفتاة ظهره، وهو يقوم بعل أمر ما.

فقالت الفتاة:

ولكن..

أنا أسألك لماذا لا تجيبني، وما هي قصة هذه الخصلة من الشعر.

كان الشاب يرتدي ثيابه ثم أخذ خصلة الشعر وخرج من البيت، دون أن يكلم الفتاة أو يرد على أي من أسئلتها.

مشى كثيرا في الشوارع، وهو لا يعرف إلى أين هو ذاهب.

مشى ومشى، مشى كثيرا بدون وجه معينة.

مشى الشاب حتى خيّم الليل، ولم يعد إلى بيته ولم يكن يفكر في العودة ولا في الذهاب إلى أي مكان، لقد كان يمشي وفقط حتى تعبت رجلاه

وبعد مدة من الزمن أصبحت الشوارع مظلمة، لم يكن هناك الكثير من المحلات المفتوحة في ذلك الليل الموحش.

كان الشاب لا يزال يمشي على رجليه، يدخل إلى شارع ويخرج من شارع، وهو لا يعمل إلى أين هو متجه،

وبعد أن نال منه التعب وأصبحت السماء ممطرة فجأة قرر الجلوس في أي مكان ليستريح لبعض الوقت، لكي يريح رجليه وربما لكي يصفو ذهنه ويرتب أفكاره.

نظر هنا وهناك، في ذلك الزقاق المبلل على أطرافه، فوجد طوبا فوق بعضه البعض فجلس عليه تحت شيء يحميه من الأمطار.

كان الجو ماطر والسماء ملبدة بالسحب والظلام يخيّم على المكان ويبدو الجو غريبا في الليل في الشوارع الغريبة، فحين يكون الشخص في مكان لا يعرفه يشعر بالغرابة وخاصة مع جو مثل هذا.

لقد كان مكانا للبناء وقد وضع البناءون الطوب في ذلك المكان لحمايته من المطر.

جلس وهو يفكر ثم راح يتجول بالنظر، وهو في منطقة من المدينة لم يتردد عليها سابقا.

لم يكن يعرف تلك الشوارع ولا ذلك الزقاق بالذات، فكان ينظر ليحاول اكتشاف المكان.

العرافة

سحر أم خرافة

وبينما هو يجول بالنظر رأى محلا وقد كان المحل
الوحيد المضاء في تلك المنطقة، وعليه لافتة مكتوب
عليها عرافة بخط كبير ومكتوب تحتها جملة تقول:
"عرّافة وعِرَافة والأخبار حق وليست بخرافة"

إن لم تؤمن فلا تدخل

لم يفكر في الأمر مرتين وتوجه إليها مباشرة وبدون تفكير.

اعتقد بأنه سوف يرى مستقبله، ولكنه وجد عندها ما يمكنه أن يغير حاضره.

عندما دخل لم تسأله عما يريد معرفته عن مستقبله بل قالت له وبكل ثقة:

ما الذي جاء بك أيها الشاب، ويجعلك في حيرة من أمرك هكذا؟

سكت ولم يقل لها شيئا فأضافت هي قائلة:

ما الذي تريد أن تفعله بما في جيبك؟

فأجابها وقال:

ولكن كيف عرفت؟

ومن أخبرك؟

هل تعلمين حقا ما الذي في جيبي؟

فقالت له:

دعنا نتجاوز هذه الأسئلة والاندهاش وتلك المسائل واخبرني بما تريد؟

قال لها:

أتمنى لو أن صديقتي تمتلك شعرا طويلا مثل هذا

واخرج خصلة الشعر وهو يشير إليها، ثم قال وهو يكمل حديثه:

صاحبة هذا الشعر قالت بأن شعرها سريع النمو، وهي قامت ببيعه.

لقد باعته مقابل مبلغ كبير من المال.

لقد بدا وكأنه يُتأتِئ من شدة التوتر أو الاضطراب ثم أضاف قائلا:

أنا أتمنى أن يصبح شعر صديقتي سريع النمو لكي أتمكن من بيعه.

العرّافة:

يمكنك أن تحصل على أمنيتك

ولكن ..

الشاب:

ولكن ؟

العرّافة:

نعم.. ولكن ..

اعلم دائما بأن مع كل نعمة تأتي بطريقة غريبة مثل طريقتنا هذه، سوف تكون نعمة ونقمة أي انك سوف تعاني من أمرّ ما.

فهل أنت مستعد لبعض التضحيات؟

أنت مستعد لتحمل العقبات؟

الشاب: (وهو متحمّس جدا)

نعم..

نعم.. أنا مستعد لتحمل كل شيء في سبيل تحقيق مثل هذه الأمنية وهذا الحلم.

يبدو أنها لم تكن مجرّد عرّافة بل كانت ساحرة مشعوذة، وعندما رأت الإصرار في عينيه قررت أن تساعده وان تحقق له أمنيته وحمله.

أخذت خصلة الشعر منه وقامت بإلقاء بعض التعويذات عليها وتمتمت بكثير من الكلام غير المفهوم، وهي تنتف على خصلة الشعر وعيناها تصبح بيضا وكأنها عمياء ثم تعود إلى طبيعتها، والشاب يرتجف في مكانه خوفا مما يحدث أمامه.

وبعد أن أنهت ما كانت تقوم به، أعطته خصلة الشعر، وقالت له:

أيها الشاب خذ خصلة الشعر هذه وقم بإحراقها، وضع الرماد أو المسحوق مع صباغة للشعر وقص شعر صديقتك وضع لها الصباغة بدون أن تعرف، فلا يجب أن تخبر أحدا بهذا السر.

ولكن احذر..

يجب أن تتحكم في صديقتك فربما لن يعجبها الأمر

قال لها:

بلى.. بلى.. سوف يعجبها، إنها تحبني وتحب أن تراني سعيدا، كما أن هذا الأمر هو لصالحنا نحن الاثنان

قالت له:

فقط كن حذرا، ولا تخبر أحدا عن هذا السر

عندما هم بالخروج من عندها، قالت له وبصوت مختلف جدا عن صوتها قبل قليل:

عندما تصبح غنيا لا تنس أن ترسل أموالا إلى هذا المبنى الذي اعمل فيه.

إنّه مكان مخصّص للعجزة انظر إلى اللافتة عندما تخرج لكي لا تنسى المكان.

خرج الشاب وهو متحمس جدا، ونسي أن ينظر إلى اللافتة التي طلبت منه أن ينظر إليها، وأسرع متوجها إلى البيت، غير آبه بأي شيء آخر

وعندما وصل إلى البيت وجد صديقته نائمة، قام بالخطوات التي أخبرته العجوز أن يقوم بها، هو في قمة الحماس ومؤمن بما يفعله كثيرا، حتى انه لم ينتظر إلى أن تصحو صديقته التي كانت تغطّ في نوم عميق فقد تأخر كثيرا في العودة.

وبعد أن جهز الخلطة، أيقظ حبيبته من نومها، وأخبرها بأنّه ابتكر صباغة جديدة ولا يستطيع أن ينتظر حتى الصباح لكي يجربها عليها، أخبرها بأنه لون شعر جديد وربما يمكنه أن يصبح ثريا أن أعجبته النتيجة، وبالتالي سوف تعجب الزبائن.

استغربت الفتاة من شكل ذلك الشاب الذي خرج من البيت متهجما وعاد بعد منتصف الليل سعيدا هكذا، وكأنهما شخصَان مختلفان.

قامت الفتاة من نومها نعسانة، والنوم في عينيها باد، ولكنها كانت حقا فتاة مطيعة، بل بلا شخصية،

وهي مبتسمة وبدون نقاش أعطته رأسها ليفعل به ما يفعل، وهي لا تكاد تعرف ما يقوم به لأن عينيها شبه مغمضة.

لم تكن تعلم حقيقة ما ينوي فعله، ولكنها كانت تثق فيه ولم تعتقد للحظة بأنه قادر على إيذائها.

كما أنها قد رأت الإصرار باد عليه وأيضا السعادة ولم تشأ أن تفتعل شجارا بلا سبب أو ربما بسبب لا يكون مهما جدا.

لطالما كانت حياتهما هادئة، ولم تكن هناك مشاكل تعطر صفوها.

فالحياة بينهما كانت روتينية، لا هي كثيرة المشاكل، ولا هي كثيرة الشغف.

وقد كانا متعودان على بعضهما، أحيانا يتناولان الطعام معا وأحيانا يتناول كل منهما طعامه دون أن ينتظر الآخر.

كان كل منهما يعرف روتين حياة الآخر دون القلق على تصرفاته، أو التدقيق في مواعيده، أو حتى سؤاله عن أيّ أمر سيقوم به غدا مثلا.

أما بالنسبة للحب، فهو لم يكن موجودا بصفة قوية ولا حتى العلاقة الحميمة بينهما، لم تكن هناك شعلة ولم

يكونا يرغبان في بعضهما كثيرا، بل قلما كانا يقيمان علاقة.

المفاجأة الكبرى

"حلم تحقق"

في اليوم الثاني قامت الفتاة من نومها قبل أن يقوم صديقها، وقد تأخرا بالاستيقاظ، وكأن الشاب لم يعد وراءه عمل، أو انه قد اتخذ قرارا مسبقا بعدم الذهاب إلى العمل في اليوم الموالي، لأنه بالعادة يستيقظ مبكرا من أجل التوجه إلى العمل باكرا.

ولكن المفاجأة التي وجدتها الفتاة صباح ذلك اليوم كانت مخيفة بل مرعبة بعض الشيء، لقد وجدت شعرا طويلا معها على السرير، وعندما بحثت عن مصدره كان من رأسها ولكن الأمر فعلا لا يصدق.

لقد فزعت كثيرا، وراحت تصرخ، فقام الشاب من نومه، وتفاجأ أيضا بما رآه ولكنه فرح على عكسها هي تماما

بل قفز من سريره فرحا وقال لها:

سوف نصبح أغنياء

حبيبتي.. سوف نصبح أغنياء

هل ترين ما أرى..؟

سوف نصبح أغنياء

هدأت الفتاة قليلا بعد أن رأت رد فعله وكأنها أدرت بأن الأمر ليس خطيرا، بل هو شيء جيد وكأنها اقتنعت برد فعله هو وهدأت.

بعد ذلك أخذ الشاب المقص وقص ذلك الشعر الطويل
جدا، وقال لها:

لا تخبري أحدا..

ولا تخرجي من البيت، لأنك لا تحتاجين للعمل بعد
اليوم سوف نصبح أغنياء.

وطبع قبلة على جبينها، وخرج مسرعا، بعد أن قال:

سوف أخرج قليلا لأبيع هذا الشعر، وسوف يصبح
لدينا محلنا الخاص وحياتنا الخاصة.

وبينما هو يغلق الباب ادخل رأسه وقال لها لكي يؤكد عليها:

لا تخرجي عندما أكون خارجا، هل فهمت؟

قالت:

ماذا لو احتجت لبعض الطعام أو الحاجيات؟

ماذا لو..؟

قال لها:

لا تقلقي سوف احضر كل ما نحتاجه في طريق العودة.

لقد كان خائفا عليها الآن ولم يكن يريد أن يراها أحد أو يكتشف أحد ما يحدث معهما.

لقد أصبح يشعر بأن لديه سرا ويجب أن يحافظ عليه.

عندما خرج، وابتعد عن البيت بضع خطوات، شعر ببعض القلق فعاد أدراجه، وأغلق الباب على الفتاة بالمفتاح.

لقد كان يرى بأن إغلاقه الباب على صديقته كان أمرا ضروريا ومن الحكمة انه فعل ذلك، فهذا احتياط ووقاية وأفضل من وقع خطأ ما أو حتى مصيبة تكبده الكثير من الخسائر التي هي هو في غنا عنها.

ذهب بعد ذلك وهو مطمئن البال، وقام ببيع الشعر ولم يخبر عن مصدره واحضر الكثير من المال فاشترى محلا وبيتا فوق المحل.

اشترى البيت والمحل على الفور وبدون أن يفكر في

المبلغ بل كان مستعدا لدفع أكثر من المبلغ المطلوب، كلما ما كان يهمّه هو أن ينتقل إلى البيت في أقرب فرصة.

وجد الشاب ما كان يبحث عنه، لقد كان المكان كبير ولكنه لم يكن بحالة جيدة، يحتاج لبعض التصليحات، ولكنه لم يكن مرتفع الثمن بالنسبة للشاب الذي قبض مبلغا كبيرا جدا مقابل شعر صديقته الذي قام ببيعه.

عندما عاد إلى البيت اخبر صديقته بأنهما أصبحا أثرياء، وأحضر معه الكثير من الأغراض طعام وملابس والمال أيضا.

واخبرها بأنه قد دفع عربون لصاحب البيت الذي سوف ينتقلان للعيش فيه، وسوف يصلحه لكي ينتقلا للعيش هناك بأسرع وقت ممكن، لقد كان متحمسا

بينما كانت الفتاة متفاجئة بالمال وكل تلك الأشياء وشعرت بالسعادة، ولكنها لازالت تتساءل كيف نمى شعرها بتلك السرعة وما السر وراء ذلك، وعندما أخبرت الشاب عن قلقها كان جوابه مفاجأ ومقنع بعض الشيء.

لقد اخبرها الشاب بأن ما حدث معهما ما هو إلا معجزة ولا داعي للقلق، إنها معجزة وقد يحسدهم عليها الكثيرون.

بعد ذلك سألته وقالت:

الم تدفع للرجل صاحب البيت إلا العربون؟

الشاب:

أجل، وماذا بعد؟

الفتاة:

من أين ستأتي بالمال لكي تكمل للرجل باقي المبلغ لشراء البيت

أليس ثمنه باهظا

بل باهظ جدا، نحن لا نمتلك كل هذا المال؟

الشاب:

لا تقلقي.., لا داعي للقلق يا حبيبتي سوف أتدبر ذلك

الفتاة:

ولكن نحن لا نمتلك هذا المال

من أين لنا أن نحصل على مبلغ كهذا؟

أظن أنك تسرعت وصرفت ذلك المال الغريب العجيب

الشاب:

سوف نبيع الشعر مجددا

الفتاة:

شعر من؟

الشاب:

شعرك.. ألا ترين بأنك أصبحت معجزة؟

لم تفهم الفتاة كلامه، ولكنها شعرت ببعض الخوف
فقالت:

ولكن ماذا تقصد؟

هل تقصد بأن ما حدث معنا سابقا، سوف يحدث مرة
أخرى؟

لقد كانت تسأله وفي نفس الوقت تتساءل هي عن
الوضع الغريب الذي حدث معهم وعن ما يقصده
الشاب بكلامه وبهذه الطريقة الغريبة.

بدا وكأنها شعرت بأن هناك أمرا غريبا، كما أنها
لاحظت بأن تصرفاته غريبة، لذا انتابتها الشكوك
حوله، فكانت تتساءل في داخلها:

ترى هل ما حدث معي لم يحدث من تلقاء نفسه

هل لتلك الصبغة علاقة بالموضوع؟

هل له هو علاقة بالموضوع؟

هل هو يخفي عني شيئا؟

بعد أن لاحظ الشاب بأنها أصبحت تبدو قلقة، وبدأت تنتابها الشكوك أراد أن يغير الموضوع، ولكنها فاجأته بكلام قالته

إذ قالت له:

أظن أنني سوف أخرج قليلا لكي أستنشق بعض الهواء النقي

أظن أنني احتاجه..

هنا شعر الشاب بالقلق الشديد ففكر بسرعة من أجل تصرف ذكي ومنعها بطريقة لطيفة ولكي لا تشعر بشيء مريب.

وقال لها:

لا تخرجي رجاء..

أنا سعيد واحلم بالكثير وأريدك أن تشاركيني أحلامي

كما أنني أريد أن اعرف ما الذي تحلمين به أنت؟

لم تكن تريد البقاء ولكن طريقته في الكلام جعلتها تقتنع بأنه سعيد، ويريد الدردشة حول ذلك الموضوع.

فكان يبتسم لها ويسألها عن أحلامها وكلما تريده وتتمنى الحصول عليه، لأنه سوف يحقق لها كلما تريده وكلما تحلم به.

نقمة وليست بعمة

خوف وهلع

في اليوم الموالي قامت الفتاة التي وجدت مفاجأة أخرى في ذلك الصباح، لقد وجدت شعرها طويلا جد وهذا ما جعلها تفزع وتصرخ

فقام الشاب بتهدئتها لكي لا يتمكن من سماع صوتها الجيران، وأسرع لإحضار المقص وقام بقص شعرها

كانت الفتاة تعاني من نوبة هلع وهذا ما جعله يضربها على رأسها فأغمي عليها وذلك لأنه لم يكن يريد أن تصرخ وتفضحهما، فيعلم الجميع بالسر الذي يخفيه.

قام بتقييد الفتاة ووضع لها عصابة على عينيها وأغلق فمها بمنديل، ثم خرج لكي يذهب ليبيع الشعر ويقبض المال.

كان الشعر طويلا وكثيفا وهذا ما جعل ثمنه يكون عاليا جدا، ويمكن أن يزايد عليه إن شاء ولكنه أراد التخلص منه بسرعة وبأي ثمن معقول لأنه بحاجة للمال ولديه خطة يريد تنفيذها.

كما أن الشعر كان جيدا ونظيفا ولم يكن يريده أن يتلوث أو يتلف إن تأخر هو في بيعه فربما يفقد لمعانه ولا يأخذه منه أصحاب المحلات.

قام الشاب ببيع الشعر وأكمل المبلغ لصاحب البيت وانتقل إليه ووضع حبيبته في غرفة وأغلق عليها الباب

بإحكام وأحضر بعض العمال لكي يجهزوا الطابق السفلي من أجل افتتاح المحل في اقرب وقت ممكن

لقد كانت الفتاة مقيدة لذا لم تحدث جلبة بعد أن استفاقت.

أما بالنسبة للشاب فقد كان منهمكا جدا بإصلاح البيت وتجهيز محله العزيز من أجل الافتتاح الكبير.

لقد كانت التصليحات والتجهيزات قائمة على قدم وساق، والشاب كل يوم يبيع من شعر حبيبته التي سجنها وإذا قامت بالمشاكل سقاها منوما ولكنه اكتشف بأنها عندما تنام ينمو الشعر أسرع وأطول، وكلما كانت مدة نومها أطول كان الشعر أطول.

فأصبح يجري عليها تجارب يجعلها تنام لساعة ويوقظها

ثم يجعلها تنام لساعتين ويوقظها

ولأربع..

وليوم كامل..

ولأكثر من يوم..

فوجد بأنها إذا فاق نومها 24 ساعة فان الشعر يتوقف عن النمو، وينمو مثله مثل 24 ساعة بالضبط بنفس الطول.

واكتشف مع مرور الوقت بأنّه كلما كانت الفتاة
تعاني من قلقل، واضطرابات نمى الشعر بعيوب كثيرة
متقصفا مثلا وهكذا.

وفي يوم كانت الفتاة حزينة جدا فوجد بأن الشعر كان
خفيف جدا، وأغلبه واقع على الأرض من قبل قصه.

وأيضا عندما انتابتها نوبة جنون وكانت ترفس وتركل
وتصرخ، وقام بسقيها منوما فجأة نما الشعر أشعثا

تصرفات حبيبته هذه غير المسئولة والمضطربة قد جعلته يعاني كثيرا فقد أفسدت عليه خطته بهذه التصرفات الرعناء فأصبح يبحث عن حل لإسعادها، لأنها أول يومين.

وعندما كانت تجهل الأمر كانت سعيدة معه لذا كان الشعر جيدا وبصحة جيدة ونوعية رائعة، وهذا ما كان ينال إعجاب الزبائن ويجلب له مالا كثيرا، بل ثروة.

في الحقيقة أن الشاب قد كان مستفيدا في كل تلك الظروف فقد افتتح محله، بعد أن جهز الكثير من الباروكات وخصلات الشعر المستعار من شعر الفتاة الذي كان يحصل عليه منها يوميا.

لقد كان يعلم بأنه لكل سلعة جمهورها ومن يرغبها ويشتريها، لذا لم يتخلص من كل ذلك الشعر التالف بل استفاد منه بكل الطرق وبكل شعرة.

لقد صنع من الشعر التالف شعرا مستعارا وخصلات تكون بأثمان منخفضة عكس الشعر الذي كان يلمع من قوته وصحته

كان ذكيا في الصناعة والتسويق ووضع الإثمان وكان يجيد التعامل مع الشعر والزبائن أيضا، ولكنه كان يحب صناعة الشعر وليس الوقوف في المحل.

كما انه كان يتعامل مع الشعر برفق وعلى أنه أمر حساس وليس الجميع يستطيعون التعامل معه فهو كان ينظر إلى كل شعر على أنها كيان لوحدها وتستحق الاهتمام الكبير بها لوحدها.

ولم يكن يحب أن يتقطع الشعر بين يديه لذا كان يحافظ عليه بعناية، ويتعامل معه بطريقة رقيقة.

وصنع باروكات بالشعر الأشعث وقام بصنع باروكات مجعدة وأخرى (كيرلي) من الشعر المموج وهكذا ...

كما أنه قام بصباغة الشعر من باب التجربة وخاصة من الشعر التالف، فهو لم يكن ليخسر شعرة واحدة من الشعر الجيد.

محل الشعر المستعار

بعد أن أعد الشاب كلما ما يلزم للافتتاح، وبعد أن أعلن عن يوم الافتتاح الكبير.

جاء الموعد وافتتح المحل الكبير، جاء الناس إلى محله من كل أرجاء البلاد لرؤية تلك الباروكات الجميلة والتي يتكلم عنها الجميع.

لقد اشتهر عمله حتى قبل أن يبدأه بالشكل الفعلي، فقد سبقته جودة عمله إلى الزبائن والى أشخاص لم يكونوا على علم بوجود مثل هذه السلع في هذه المدينة.

لقد قام الشاب ببيع الكثير والكثير من الباروكات في يوم واحد، بل وكانت الناس طوابير على بابه لاقتناء الباروكات وخُصَل الشعر لدرجة أنه كون ثروة من مبيعات يوم واحد.

يوم الافتتاح الكبير..

لقد وظف ثلاث موظفين للبيع في محله، وتفرغ هو لعمل الباروكات والخصل كما كان يفكر في تعليم أحدهم لمساعدته في هذا العمل.

وكان هو المسئول عن المواد الأولية، فقط المسئول عن حيازة الكميات المناسبة من الشعر.

ولكن الفتاة لم تعد منتجة لشعر جيد، وهذا ما جعله يفكر في حل لهذه المشكلة، فهو لا يريد أن يبيع سلعة

تالفة بثمن بخس، بل يريد سلعة جيدة وبأثمان مرتفعة لكي يبني ثروة.

كما أن قد يكسب سمعة سيئة لكون السلعة تالفة وهذا يضر بمحله وبصانعته.

لقد اتخذ الشاب قرارات قوية وصارمة من أجل يتحكم في الوضع، أصبح يتخلص من الشعر الأشعث في انتظار إيجاد حل لهذه الفتاة التي لم يعد يستطيع التحكم فيها.

فكر كثيرا في حل لهذه الفتاة التي أصبحت على غير عادتها، فهي لم تكن هكذا يوما، ولم يعج بإمكانه السيطرة عليها ولا يستطيع أن يحسن لها مزاجها وحالتها النفسية، لكي يصبح إنتاجها أفضل.

وبعد طول تفكير توصل إلى فكرة مبدعة وهي أن يقوم بجعل الفتاة تتناول مهدئات أو ربما بعض المخدرات من أجل أن تصبح بحالة أفضل أو مزاج جيد

لقد كانت فكرة جيدة لكي يتلاعب بمشاعرها ويجعلها
تشعر بالسعادة رغما عنها، ورغم أنها سجينة غرفة
مظلمة، وسجينة تجربة صعبة، مرعبة ومؤلمة وغريبة
لا مثيل لها، تجربة ظالمة.

سعادة مزيفة

سعادة إجبارية

لقد مر الوقت وأصبحت الفتاة سعيدة كلما أخذت جرعة من الدواء الذي يسقيه لها فيجعلها تنام على الفور، وهذا ما يجعلها تشعر بالسعادة وهي نائمة فينمو لها شعر جيد.

نجحت الخطة وجعلت الشاب راضيا عن الوضع حاليا

لقد أنتجت له هذه الفكرة العبقرية كما يدعوها الشاب شعرا جيدا ومنتوجا جعله يصبح ثريا، كما انه كان متعطشا للمال كثيرا.

لقد أصبح الشاب ثريا جدا ولا أحد يعلم مصادره للحصول على كل ذلك الشعر الطبيعي والذي لا يكاد ينتهي.

بعد مرور السنين

أصبح الشاب بعد مرور سنتين أحد أغنياء تلك المدينة، فاشترى قصرا ونقل الفتاة إليه وحبسها في القبو، لقد كان يوجد في القصر قبو سري كان يستعمل لسجن السجناء السياسيين في الماضي.

واشترى مجموعة محلات في المدينة، من أفضل واكبر المحلات والتي تقع في وسط المدينة بالضبط،

في موقع استراتيجي وممتاز للتجارة، والتي غير تجارتها إلى بيع الشعر المستعار.

لقد أصبح يطلق عليه لقب انه من أهم تجار وصناع المدينة.

وفي يوم جاءت امرأة عمياء صلعاء إلى أحد المحلات، حيث كان الشاب ينزل من سيارته الفاخرة فأمر السائق وبكل تكبر أن يبعد المتسولة عن طريقه، وأضاف قائلا:

أنا لا أحب رؤية المتسولين

قالت له:

أنا لست متسولة، إن لي دينا عليك

(ضحك بقهقهة وسخرية) وقال:

لك دين علي؟

يا لهذه المزحة السخيفة

أنت لست فقط عجوزا عمياء وصلعاء بل أيضا سخيفة وتتمتعين بالغباء.

قالت له: (بلهجة حازمة وكأنها تعني ما تقوله)

أريدك أن تتبرع لبيت العجزة

لقد وعدت بفعل ذلك، ألا تذكر؟

قال لها:

ابتعدي عن طريقي، أيتها العجوز القبيحة والسقيمة

أنت خرقاء

قالت:

ألن تفي بوعدك؟

ألن تتبرع؟

قال:

أنا أتبرع للجمعيات الخيرية في المحافل الرسمية ليس لدي وقت لمتسولي الشوارع.

هيا اغربي عن وجهي

قالت له:

أعطني باروكة لكي أقي نفسي من البرد ولكي يصبح شكلي أجمل قليلا.

فقال لها:

ليس لدي وقت.

ثم التفت إليها وأضاف قائلا:

ولكن أنت أيضا لقد انقضى وقتك ما الذي تريدين فعله بشعر وأنت في مثل هذا العمر.

يجب أن تجتازي عقدة الأنوثة التي لديك.

فقالت له:

يجب أن تتجاوز أنت عقدة الطمع التي لديك

كان يجب أن تفي بوعودك

لم يكن يجب عليك أن تنسى النظر إلى اللافتة

لقد نسيت دينك حقا

وقد ظلمت نفسك

تحمّل النتائج إذن

نفذ صبره من كلامها وحكمها ووعيدها له، والتسول
أيضا فصرخ عليها وقال لها:

ابتعدي فورا.. أيتها العجوز المجنونة

وقام بضربها فأوقعها على الأرض ومر عليها برجله.

لقد كان تصرفه قاس وخال من الرحمة، وكأنه شخص
آخر فهذه لم تكن طبيعته ولا خصاله في الماضي.

بل كان شخص متواضع، لا يعرف إلا عمله وشقته وصديقته، لا يعتدي على أحد ولا يتطاول على أحد ولكنّه أصبح شخصا آخر.

لقد اتسم بالقسوة وأصبح قلبه من حجر، حتى انه احتقر تلك السيدة العجوز ونعتها بالمتسولة وضربها ورمى بها على الأرض.

حان وقت دفع الديون

كانت قد مرت سنتين وهو يسجن الفتاة ويسقيها المهدئات ويخدرها، تدهورت حالتها الصحية وأصيبت بمرض غير معروف وهذا ما جعل الشعر يتوقف عن النمو.

وفي اليوم التالي الذي اكتشف الشاب بأنها مريضة ذهب لكي يقص لها شعرها فلم يجد شعرا، لقد وجدها صلعاء.

استغرب الأمر وخاف كثيرا فلربّما تبخرت أحلامه لأنه كان يحمل بشراء طائرة خاصة، وبامتلاك جزيرة فهو لم يحقق نصف أحلامه.

فهو لم يشتري إلا أسطول سيارات، وباخرة، ويختان، وثلاث قصور، ومجموعة محلات، وبعض العمارات والأراضي، وكلها في بلاده، ولم يتنقل حول العالم، كانت لا تزال لديه الكثير من الأحلام.

لقد كان متعاقدا على بعض المشاريع والمباني وأيضا كان قد دفع عربون بعض العقارات، ومازال الطريق أمامه طويلا وهو بحاجة إلى مال كثير وليس هذا هو الوقت المناسب لحدوث أمر مثل هذا.

ما الذي حدث مع الفتاة؟

ولما توقف الشعر عن النمو..

خاف كثيرا، ولم يكن لديه مبرر لكي يحضر طبيبا فما سيخبره وقد أخبر الناس بأن صديقته قد هربت منذ

سنتين بعد شجار دب بينهما، ولم يرها منذ تلك

اللحظة.

وفي يوم توقف عن إعطاءها الأدوية والمهدئات وخفّف لها من جرعات المخدر، فتحسنت حالتها قليلا ونمى لها الشعر من جديد ولكن بشكل خفيف

لقد بدأ يشعر بأنه على وشك الإفلاس فلم تعد لديه الكثير من السلعة لعرضها في المحلات، لن المادة الأولية لم تعد تنتج.

خاصة وانه كان يقوم بإجراء خصومات لبعض المحلات، التي تأخذ عنه الباركوات إلى محلاتهم خارج المدينة.

تدهورت حالة عمله وحالة الفتاة لا تتحسن، وهي لا تنتج المزيد من الشعر.

لم يكن يفهم ما الذي حدث لها؟

ولم يكن يصدق بأن الأدوية هي السبب؟

بل ولم يكن يريد أن يجد سببا، بل كان يرى بأنها لا تنتج شعرا وفقط.

الأمر كان متعلقا بالفتاة نفسها، ولكنها لم تكن تنتجه بإرادتها ولا توقف إنتاجه بإرادتها.

لقد تدهورت حالتها وحالة تجارته فجأة، وبدون أسباب وبدون سابق إنذار.

لقد كان الأمر مقلقا وقد تعود على حال أفضل من هذا ولكن ما الذي يحدث بالضبط.

هل هذه نهايته أو ماذا؟

بدأ يفكر كيف نمى لصديقته الشعر منذ البداية، فكان كأنه لا يتذكر.

رغم أن الأمر لم يكن قد مرّ عليه إلا سنتين وثمانية أشهر ولكنه لم يستطع أن يتذكر.

وفي يوم كان جزيتا يفكر في إيجاد حل، فشرب كثيرا حتى سكر وغاب عن الوعي.

لم يكن يعيش في القصر إلا هو والفتاة.

أما بالنسبة للخدم فقد كانوا يغادرون الساعة الرابعة والخامسة مساء، ولا يبق في القصر إلا هو والفتاة المسجونة التي لا يعلم عن وجودها أحد.

في ذلك الوقت كانت قد تحسنت حالة الفتاة الذهنية، لأنه لم يعد يسقيها الأدوية المهدئة والحبوب المنومة.

وهكذا استفاقت من الحالة التي كانت فيها، وأصبحت تعي الوضع الذي هي فيه، وكانت تعلم بأنها مسجونة وانه يقوم بتعذيبها بالأدوية وأيضا بقص شعرها وتنويمها غصبا عنها.

لقد كانت في مكان مظلم وغير نظيف.

بدأت تبحث عن مخرج.

لقد قررت أن تخرج من ذلك السجن المظلم والرطب.

كما أنها قد عرفت بأنها تحت الأرض وبأن هذا سجن، وفهمت كلما كان يجري حولها ولكنها لم تكن تعلم كم من الوقت قضت هناك، لقد كان الزمن غير مفهوم بالنسبة لها لأنها لم تكن تعرف الليل من النهار ولا الأيام ولا الشهور.

وبالفعل وبعد بحث طويل، وقد كان الباب محكم الإغلاق والجدران سميكة، ولا يبدو بأن الهرب ممكنا ولكن الفتاة لم تفقد الأمل وكانت تلك فرصتها الوحيدة.

لأنها كانت واعية وبحال أفضل، لقد كانت تشعر بأنها أفضل عقليا نفسيا وأيضا جسديا.

وبعد إصرار وبحث ونبش للأرض والجدران عن مخرج وجدته أخيرا.

لقد وجدت مخرجا لا يخطر على بال بشر، ولكنها وجدته بعد طول بحث وتفتيش لكل الجدران ولكل جدار وثقب ومجرى هواء.

لم تكن تعلم بأن هناك سبيلا ولكن بحثها قد أثمر بنتيجة كانت ترجوها.

فخرجت من تحت الأرض، تبعت نفقا وتبعت المجاري حتى وجدت نفسها في مكان بعيد مليء بالأشجار وكأنها غابة والمدينة بعيدة جدا، بعيدة هناك ولكنها تستطيع رؤيتها.

لقد استنشقت هواء الحرية لأول مرة بعدة مدة من المن تبدو طويلة.

خرجت وهي متسخة ومريضة، فواصلت سيرها حتى وصلت إلى مكان فيه بعض الأشخاص وطلبت المساعدة.

لقد كانت مليئة بآثار الحقن، وعيونها زرقاء من الأرق، وشعرها قصير، شبه المحلوق.

وهي تتمايل وتعاني من سوء التغذية وعدم الرؤية بشكل جيد.

وعادت محلات الشعر المستعار من جديد

بعد مرور أشهر، سمع ذلك الشاب الذي لم يعد يستطيع عمل شيء إلا معاقرة الخمر، عن محلات جديدة قد فتحت في المدينة لبيع الشعر المستعار.

في حين أنه قد أغلق محلاته وأعلن إفلاسه، وأصبح مدينا للكثيرين بأموال طائلة لا يستطيع دفعها، فرهنت البنوك قصوره وطاب بعض الأشخاص بسجنه.

لقد كانت حالته متأزمة وخسر كلما كان يمتلكه، أو بالأخرى خسر كلما ما امتلكه يوما بعد ما قام به، فهو في البداية لم يكن ثريا ولا صاحب أموال.

وعاد إلى حال أسوا بكثير من حالته في بداية الأمر، عندما كان مقتدرا ومكتفيا بحياته، ولكنه قد جرب حياة الثراء ولم يعد ليرضى بمثل تلك الحياة البائسة التي كان يعيشها.

وكأنما دخل الجنة وخرج منها سريعا، وكأنه تم غمسه في بحر عذب المياه وخرج منه عشان ضمأن.

لقد خسر ما كان يملكه حتى انه قد حسر نفسه وقناعاته في حياته السابقة، لقد خسر ككل شيء.

خسر حياته وماله وأملاكه وعمله، وخسر أيضا مصدر رزقه، ومصدر ثروته، كما انه قد خسر حبيبته التي كانت سندا له في حياته السابقة ولكنه قد استغلها ولم يعد ينظر إليها على أنها حبيبته.

ولكنه بعد أن خسر كل شيء أصبح يعدد كلما سلب منه ومن بين كل تلك الأمور كانت حبيبته التي سلبته إياها الظروف، ربما كان مختلا في عقله بعض الشيء، فقد قام بتعذيبها وسجنها ولكنه مازال يطلق عليها حبيبته بعد أن أطلق عليها في وقت من الأوقات كنزه الذي يجب أن لا يراه أحد وأغلق عليها الأبواب بالإقفال.

ربما كان يشعر ببعض التوهان وربما لم يكن عقله يعمل بشكل جيد وربما بسبب النسيان الذي أصابه وربما بسبب الثروة التي أعمته.

ولكنه في الحقيقة لم يكن على ما يرام، عقله وتفكيره وطريقة ترتيبه للأمور لم تكن صحيحة.

سمع الشاب عن محلات لبيع الباروكات وكانت سمعتها تشبه سمعة محلاته في البداية، وسمع بأن أصحاب المحلات يقدمون سلعة متجددة كل يوم وبكميات كبيرة وبجودة عالية.

وامتاز الشعر المستعار في تلك المحلات بالكثافة والنعومة واللمعان، فكانت سمته اللمعان الذي يدوم طويلا، والذي يخطف النظر.

وعندما جمع بعض الأخبار عن صاحب المحلات سمع بأنها فتاة ولا أحد يعلم عنها شيئا، فعلم بأنها الفتاة التي اختفت وتبخرت من سجنها في قصره والتي لم يكن يعلم كيف هربت أو من ساعدها في الهروب.

لقد بقي سر هروبها سرا بالنسبة له، ولكنه كان يجهل كيف لها إن استعادت تلك المعجزة بنمو الشعر الطويل من جديد.

لقد أصبحت حبيبته السابقة والتي كانت سجينة لديه لمدة تقارب الثلاث سنوات سيدة أعمال وهي التي سعت لإفلاسه.

كما أنها زجت به في السجن المؤبد لعدة جرائم أثبتت عليه ولكن دون أن تورط اسمها معه.

لقد عالجت نفسها، تعالجت من الإدمان ومن كل الأمراض التي نتجت عن سوء التغذية من فقر دم ونحافة وغيرها، كما أنها تعالجت نفسيا وخضعت لعلاج مكثف واكتسبت قوة شخصية وأصبحت امرأة قوية ولم تعد تلك الفتاة المطيعة التابعة التي بلا أفكار واضحة.

كما أنها وعندما استعادت عافيتها وعاد شعرها للنمو ولكن بوتيرة بطيئة إلى أن أصبح ينمو بنفس الطريقة السابقة تقريبا.

ولأنها تعرف كلما ما يجري وليست مثلما كانت في الماضي فقد عرفت كيف تستفيد من تلك الطفرة التي إصابتها وأصبحت هي التي تقص شعرها وتقوم ببيعه.

لقد استعادت صحتها واكتسبت وزنا جيدا، كما أن العجيب في الأمر هو أنها قد حافظت على قصة الشعر "البيكسي"، إنها قصة شعر قصيرة.

فقد كانت تنام للوقت الكافي، ثم تستيقظ لكي تقص ذلك الشعر الطويل الناعم.

كانت تظهر في المجتمع وأما الناس على أنها صاحبة شعر قصير، رغم أنها أكثر النساء طولا للشعر وشعرها كان ينمو بسرعة فائقة، ولو شاءت لتباهت به ولكن على العكس كانت تقصه وتبيعه في محلاتها.

ولم يكن أحد يعمل ابنها ذات شعر طويل، واستمرت على هذه الحال كل حياتها ولم يكتشف أحد سرها أبدا.

حتى المقربين والموظفين والعمال لديها.

كما أنه كان لا يزال لديها خوف من أن يكتشف أحد ذلك السر فيضع شعرها نصب عينيه، وهذا ما جعلها حريصة كل الحرص وتعيش وسط أمنها الخاص وقصرها كان مأمنا جدا وهي لا تسافر إلا في الطائرات الخاصة وتقطن في أرقى الفنادق والتي بها أمن أيضا.

كما أنها كانت تحتاط من كاميرات المراقبة، ولا تحب أن تأخذ لها صورة على غفلة، وهي نائمة مثلا أو بينما هي تستيقظ وتقص شعرها.

أما في بيتها فقد كانت هناك كاميرات مراقبة في كل مكان، إلا في جزء من غرفة نوما وحمامها.

وذلك بترتيبها وبطلب منها وقد كانت قد أصبحت ذكية ونبيهة، ولم يكن هذا بفضل الأدوية بل بفضل العلاج النفسي الذي خضت له.

فقد قامت بدورات لتقوية الذات والتحكم في الغضب،
وأيضا التخطيط الاستراتيجي من أجل حسن تسيير
حياتها بنفسها ولكي تصبح سيدة نفسها وسيدة حياتها،
وهي الآمرة الناهية في حياتها حرّة ولا أحد يتحكم بها.

وتظهر للعلن بشعر قصير، وهي تحافظ على تلك القصة.

لم تكن تحب الشعر الطويل لأنها قد عانت كثيرا بسببه ولكنها في نفس الوقت تحب تلك المعجزة، التي خصت بها هي والتي تمدها بالأموال الطائلة ولكن من دون أي ألم.

وقد كانت لا تسافر إلا في طائرة خاصة وتتفادى أن تنام في أي مكان عام، أو وسيلة نقل، أو حتى الفنادق

التي ربما فيها كاميرات مراقبة في الأجنحة خوفا من كشف أمرها

فكانت أحيانا تضطر للبقاء صاحية لفترات طويلة، إن كانت في احتفالات أو سهرات أو بين الناس في أية مناسبة تضطرها للمبيت خارجا أو بعيدا عن قصرها.

كما انه كان لديها خادمات أمينات وموظفون جيدون ولكن ليس الجميع يعلم بسرها هذا.

لقد كانت تحاول جهدها للحفاظ على ذلك السرّ الكبير والخطير فلو علم أحد بالأمر ربما حجزوها في مختبر ما مرة أخرى، وقاموا بإجراء اختبارات وحولوها إلى فأر تجارب مثلما حولها حبيبها السابق يوما إلى جرذ يعيش تحت الأرض وبالقرب من المجاري.

لقد تعلمت درس الثقة من حبيبها السابق ولم يعد لديها قابلية لتجربة الناس مجددا.

لم تعد تثق في أي كان، وقد تغيرت وأصبحت امرأة قوية ولم تعد تلك الفتاة الغرة البريئة التي كان من الممكن أن تقضي كل حياتها تحت الأرض.

وعادت إلى الحياة على أنها امرأة أخرى، بشخصية جديدة وفي حياة جديدة، وبدأت مشوار حياتها وهي تعتد فقط على نفسها.

وتعيش من ثروتها أو كنزها، لقد كانت تعيش من شعرها الذي كان لا يخذلها يوما وفي كل يوم يعطيها من كنوزه ما يتهافت الناس على شراءه.

ومنذ أول صفقة والثانية والثالثة أصبحت سيدة أعمال وصاحبة ثروة، فحققت كل تلك الأحلام التي كان الشاب يخبرها بها واشترت المحلات والقصور والطائرات، ولم تنم تجارتها أبدا.

لأنها هي صاحبة رأس المال وهي المنبع للسلعة التي لا تنتهي، فأصبح لديها الكثير من الموظفين لعمل

باروكات والمختبرات والمحلات، وشعر مستعار لبيعه في محلاتها.

شعر لا هي تسرقه ولا تنهب أصحابه حريتهم، شعر جاءها مثل المعجزة وليست هي التي سعت إليه.

لقد كانت تدعو شعرها بالمعجزة وكانت تقول بأن النعم تأتي مع النقم، والنعم تستمر بعد النجاح في امتحانات القدر الصعبة، كما كانت تعتبر بأن ما جرى لها وما حدث معها عندما كانت مقيدة ومسلوبة الحرية.

ذلك كان امتحانها الصعب وقد اجتازته بنجاح لأنها قد صبرت وقاومت ثم انتصرت.

انتصرت بهروبها ولأنها تجاوزت تلك المحنة وأصبحت أقوى.

بل أصبحت امرأة أخرى ذات نفوذ وقوة وسلطة.

كما أنه كان في داخلها يوجد من الخير الكثير، ولم تكن إنسانة شريرة ولا سيئة.

لقد كانت تتبع بالأموال لدور العجزة ودور الأيتام، ولا تترك شخصا وأحدا جائعا في المدينة دون أن تعد فهي تقدم الكثير ودون من أو أذى.

Sommaire